Ghost secret

La surprise du Roi-Soleil

Couleurs : Christophe Araldi
Conception graphique : Valérie Gibert et Philippe Sedletzki

Hachette Livre, 43 quai de Grenelle, 75015 Paris.

Sophie Marvaud

Illustrations : Céline Papazian

Ghost secret

La surprise du Roi-Soleil

HACHETTE

Quelque part loin des routes, caché au cœur d'une forêt profonde, se trouve un château très vieux, immense et sombre, appelé :
le Château des Ombres.

Ghost secret

La surprise du Roi-Soleil

Couleurs : Christophe Araldi
Conception graphique : Valérie Gibert et Philippe Sedletzki

Hachette Livre, 43 quai de Grenelle, 75015 Paris.

Sophie Marvaud

Illustrations : Céline Papazian

Ghost secret

La surprise du Roi-Soleil

HACHETTE

Quelque part loin des routes, caché au cœur d'une forêt profonde, se trouve un château très vieux, immense et sombre, appelé :

le Château des Ombres.

Chapitre 2

Un étrange secret

Surprise, Fanchette se retourne. Elle tremble de rage et de chagrin :

— Le Roi n'aura jamais son paquet à temps !... C'est-à-dire, avant la tombée de la nuit. Je dois d'abord rapporter le soulier à mon père pour qu'il le répare. Mais il travaille à Paris, à quatre heures de marche d'ici !

— Un autre cordonnier pourrait s'en occuper, suggère Cléo.

— Impossible ! Le Roi a exigé le secret le plus absolu !

Grodof agite les oreilles, l'air de dire : « Qu'est-ce qu'un soulier peut avoir de si extraordinaire ? »

Balthazar lève le nez vers le soleil, qui est au zénith.

— Où est-ce qu'on est, exactement ?

— Au château de Saint-Germain, l'une des résidences du Roi, répond Fanchette, un peu étonnée.

En fouillant ses poches, le garçon découvre plusieurs pièces de monnaie : des pistoles et des écus.

— Je suis sûr qu'on peut y arriver. Prenons une voiture à cheval !

Il place un écu dans la main d'un cocher, à qui Fanchette indique son adresse à Paris.

— Foncez ! dit Cléo au cocher.

La voiture s'élance, rebondissant sur les pavés. Elle quitte la ville, puis file sur les routes de terre en évitant les trous. Les passagers sont secoués comme des pruniers.

L'estomac retourné, Grodof veut prendre l'air à la fenêtre. De la boue vient éclabousser son museau. Il se secoue, l'air de dire : « Beurk de beurk ! »

À l'approche de Paris, la voiture ralentit, et finit par s'arrêter tout à fait.

— Un embouteillage ? demande Cléo, inquiète.

— C'est l'octroi, lui explique Balthazar. Une sorte de péage à l'entrée des villes.

La voiture se remet en marche. Ensuite, en longeant les quais de la Seine, elle serpente lentement entre les charrettes à l'arrêt. Des hommes y chargent des sacs de blé, de pierres, ou de foin,

que des bateaux ont apportés au cœur de la ville.

— Il n'y aurait pas un autre trajet ? s'impatiente Cléo.

— Les autoroutes n'existent pas encore, lui rappelle Balthazar en riant.

Enfin, au-delà d'un palais imposant appelé les Tuileries, la voiture quitte les quais. Mais la rue étroite est encombrée de cochons et de chèvres, de passants et d'enfants qui jouent.

— Nous irons plus vite à pied, dit Fanchette en sautant à terre.

Un écu convainc le cocher d'attendre leur retour. Quelques ruelles plus loin, Fanchette leur désigne une enseigne de métal,

en forme de botte de mousquetaire.

— Voici l'échoppe de mon père !

La petite boutique est ouverte sur la rue. Tourné vers la lumière du jour, un homme plisse les yeux devant un soulier de cuir. Il est installé dans une chaise munie de roues, car ses jambes sont malades. À ses pieds, quatre jeunes enfants jouent avec un cheval de chiffon attelé à une petite charrette en bois.

— Ta mère est partie faire des courses ? demande Cléo à Fanchette.

— Hélas… Elle est morte il y a deux ans, à la naissance de mon petit frère.

— Mais c'est trop triste !

Levant la tête, le cordonnier aperçoit le paquet sous le bras de sa fille. Il pousse un cri :

— Nous sommes perdus !

Chapitre 3

À la poursuite de Louis XIV

Après son cri de désespoir, le cordonnier se concentre sur la réparation du soulier. Il fixe le talon et, avec un marteau entouré de chiffons, redresse les rayons du soleil.

À l'aide de pinces minuscules, il recolle les éclats d'or. Ensuite il range le soulier à côté de son jumeau et rappelle à sa fille les ordres du Roi.

— Tu dois lui donner ce paquet en mains propres, et avant la tombée de la nuit. Notre survie à tous dépend de toi, Fanchette.

La pauvre Fanchette se contente de hocher la tête. Elle reprend aussitôt le chemin de la voiture à cheval, suivie de Cléo, Balthazar et Grodof.

— Au château de

Saint-Germain ! ordonne-t-elle au cocher. Le plus vite possible !

Comme le voyage leur semble long ! En plus Grodof n'arrête pas de gémir...

Le soleil descend déjà dans le ciel quand la voiture s'arrête devant le château. Pendant que Balthazar paie le cocher, Cléo et Fanchette se précipitent dans la cour.

Mais où est passée la foule de ce midi ? Pourquoi les baraques ont-elles été

démontées? Il ne reste qu'un vieil homme qui balaie les pavés, et un gentilhomme à la veste boutonnée de travers, qui a sûrement fait la sieste trop longtemps. Cléo lui fait une révérence de son invention.

— Monsieur, savez-vous où se trouve le Roi ? C'est très urgent !

— Il est parti pour Versailles, suivi par toute la cour, bâille le gentilhomme.

Cléo se précipite vers la voiture qui s'apprête à quitter le château.

— Attendez ! Nous avons encore besoin de vous !

Grodof gémit, l'air de dire : « Oh non… Pas encore un voyage ! » Mais il préfère avoir mal au cœur que quitter ses amis.

Balthazar donne son dernier écu au cocher. À toute vitesse, la voiture à cheval dévale une pente, en remonte une autre, traverse des forêts et des villages.

Soudain, elle est doublée par un carrosse richement orné, tiré par quatre chevaux. Puis par un autre. Et encore un autre.

Après un virage, ils découvrent un palais de briques, de pierres et d'ardoises, beaucoup plus élégant que la forteresse de Saint-Germain.

— Impossible d'aller plus loin, explique le cocher en se garant sur le côté.

Grodof bondit aussitôt sur la terre ferme, l'air de dire : « Ouf ! Pas trop tôt ! »

À pied, les enfants franchissent une première grille dorée sans que personne leur demande rien. Une vaste cour pavée les accueille, qui monte en pente douce jusqu'à l'entrée du palais.

À la deuxième grille, Fanchette explique qu'elle doit remettre un paquet au Roi.

— Savez-vous où il se trouve ?

— Ah, ça ! répond le garde. Je dirais… quelque part dans le château ? ou peut-être bien dans le parc…

Les enfants échangent des regards anxieux : Versailles est immense ! Grodof, lui, remarque des lévriers qui passent, tenus

en laisse par un valet. Il se précipite pour échanger quelques reniflements amicaux.

Quand il revient vers ses amis, il frétille des oreilles l'air de dire : « Suivez-moi ! Je sais où est Louis XIV ! »

Chapitre 4

Chez le Roi-Soleil

Les lévriers revenaient d'une chasse en compagnie de Louis XIV. Et comme Sa Majesté leur a gratté la tête, Grodof a pu mémoriser son odeur : un mélange de sueur et de parfums précieux. Il a donc décidé de remonter la piste des lévriers, puis de suivre l'odeur du Roi.

Courant derrière Grodof, les enfants contournent le palais. Ils se retrouvent sur une immense terrasse qui surplombe les jardins. Devant eux, s'étendent de longues allées bordées de statues et de fontaines, et des parterres de fleurs qui dessinent des formes géométriques. Au-delà des jardins et jusqu'à l'horizon, un immense bassin en forme de croix, le

Grand Canal, abrite une flotte de plusieurs navires.

— Très bien organisé, ce parc, remarque Cléo.

À l'extrémité du Grand Canal, le soleil rougeoyant décline doucement vers une rangée de peupliers.

— Vite, dépêchons-nous ! s'affole Fanchette.

Aussitôt, Grodof dévale de grands escaliers de marbre. Il se dirige vers un bassin qui

ressemble à une pièce montée géante, avec des sculptures à la place des choux.

— C'est le bassin de Latone, dit Balthazar, tout essoufflé.

— Vraiment bizarres, ces gens à moitié transformés en

crapauds ! s'étonne Cléo, en désignant les sculptures.

Balthazar explique en essayant de reprendre sa respiration :

— C'est la vengeance... du dieu Jupiter contre des paysans... qui n'ont pas voulu recueillir Apollon et Diane... ses enfants... Alors, il a changé les paysans en crapauds !

Mais Cléo n'a pas le temps de s'apitoyer sur ces personnages mi-hommes, mi-crapauds. Grodof fonce à l'intérieur d'un

bosquet aussi grand qu'un jardin.

Il en ressort beaucoup plus loin, devant un autre bassin. Au milieu, un char jaillit de l'eau, tiré par des chevaux. Ils sont si bien sculptés qu'on les croirait vivants.

Malgré un point de côté, Balthazar est content d'expliquer à Cléo et Fanchette :

— Et voilà Apollon, dieu de la lumière ! Selon la mythologie, il commence sa journée ici, et la termine dans la grotte de la nymphe Thétis, à l'autre bout des jardins.

— Tu sais tout, Balthazar ! s'amuse Cléo.

— La mythologie, ça me passionne ! En plus, j'ai joué à un super jeu vidéo sur Versailles…

Pendant que les deux amis discutent, Grodof ne cesse de renifler partout, l'air désorienté. Il semble penser : « C'est pourtant bien là que le Roi a quitté ses lévriers… Mais ensuite, son odeur disparaît d'un coup ! »

— Le Roi a pris une chaise à porteurs ! comprend soudain Fanchette, catastrophée.

— C'est pour ça que Grodof a perdu la piste ! s'exclame Cléo.

— Alors, comment on va retrouver Louis XIV ? demande Balthazar, découragé.

Autour des enfants, un grand nombre de serviteurs s'affairent. Ils achèvent la décoration d'un théâtre de verdure, ils installent les tables d'un banquet, ils suspendent des torches partout…

Certains poussent des brouettes chargées de fleurs ou de fruits. D'autres encore, outils à la main, entrent dans un souterrain, qui s'ouvre derrière une rangée d'arbres.

— Qu'est-ce qu'ils font? demande Cléo, intriguée.

— Je sais, lui répond Balthazar. Ils vont vérifier le fonctionnement des pompes qui fournissent l'eau des fontaines. Il y a tout un réseau de galeries sous nos pieds.

Plus loin, des groupes de courtisans pressent le pas vers le château.

— Suivons-les! suggère Cléo. Si les courtisans vont par là, on a des chances de trouver le Roi là-bas, non ?

Balthazar se met à rire :

— Cléo, tu as tout compris sur Versailles !

En remontant les allées, les enfants et leur chien se retrouvent au milieu d'hommes et de femmes au visage poudré, et qui portent de lourdes perruques frisées. Les vestes et les souliers des hommes sont ornés d'autant de rubans et de bijoux que les robes des femmes.

Appuyés sur leurs cannes, agitant leurs éventails, les courtisans se parlent avec des sourires ironiques et des airs faussement aimables.

— Serez-vous ce soir au Grand Divertissement ?

— Quelle question, mon amie ! Il faudrait que je sois mourant pour ne pas venir !

— Savez-vous qu'il y aura trois mille invités ? Dont l'ambassadeur de Perse !

— Comme c'est amusant ! Et quel est le programme ?

— Une comédie de Molière, un ballet de Lully, un souper et un feu d'artifice !

— Il paraît qu'on nous servira des oranges !

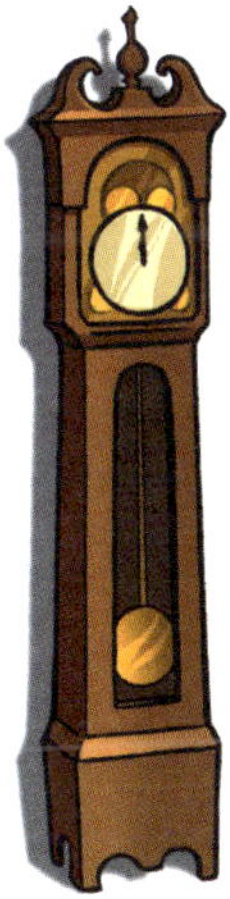

Je n'ai jamais goûté à ces fruits exotiques. Est-ce aussi étonnant qu'on le prétend ?

Chapitre 5

L'escalier secret

— Où se trouve le Roi? interroge un courtisan.

— Dans le cabinet du Conseil, lui répond sa voisine. Même pendant les fêtes, il ne néglige pas les affaires du royaume. Pas un jour sans qu'il travaille plusieurs heures avec ses ministres.

Nerveuse, Fanchette se tourne vers ses amis.

— Les gardes n'accepteront jamais qu'on dérange le Roi pendant son Conseil !

— Ne t'inquiète pas, lui dit Cléo. Balthazar va trouver une solution.

Son meilleur ami réfléchit de toutes ses forces. Soudain, son visage s'illumine.

— Je connais un passage que les gardes ne surveillent pas.

— Vite, le supplie

Fanchette. Le coucher du soleil approche !

Les enfants et le chien pénètrent dans le château au milieu d'un groupe de courtisans. Alors qu'ils suivent un long couloir, Cléo interroge Balthazar :

— Est-ce que la galerie des Glaces est par là ?

— Hum… J'ai l'impression qu'elle n'a pas encore été construite. La partie où nous

sommes s'appelle « le château vieux ». Elle date de Louis XIII, le père de Louis XIV. Et ici, il y a des passages secrets qui permettent au Roi de se déplacer discrètement, à l'abri de la curiosité des courtisans !

Cléo écarquille les yeux.

— Quoi ? Des passages secrets ! Et tu les connais ?

— Euh… Pas vraiment, mais c'est une question de logique. Il faut se mettre à la place de Louis XIV… Même quand il se lève le matin, ou qu'il va se coucher le soir, il est entouré d'une centaine de courtisans… Le seul moment où il peut être tranquille, c'est la nuit, quand il est censé dormir…

— Alors, un des passages secrets doit déboucher dans sa chambre !

— Exactement, Cléo !

Empruntant un bel escalier de marbre, ils grimpent au premier étage du château. Ils atteignent la chambre royale, déserte. Les courtisans se sont dispersés dans leurs propres appartements, où ils se préparent pour la fête, entourés de leurs valets et de leurs femmes de chambre.

Les enfants soulèvent les tapisseries et tapotent les boiseries dorées.

— Là, une poignée ! s'écrie Fanchette, alors qu'elle passe la main derrière le montant du lit.

Camouflée par les

sculptures des boiseries, une porte s'entrouvre.

— Génial ! s'écrie Cléo.

Grodof en tête, ils descendent à tâtons l'escalier étroit, raide et sombre.

— C'est drôle, remarque Cléo. Le Roi fait construire des escaliers de marbre, mais en cachette, il emprunte un escalier de bois pas pratique du tout…

— Il a besoin de montrer sa puissance, lui explique Balthazar. Et du matin au soir, il joue une sorte de rôle : celui du Roi-Soleil. Il faut bien qu'il

se détende de temps en temps, loin des courtisans !

Parvenus au rez-de-chaussée, ils se retrouvent nez à nez avec une seconde porte. Cléo actionne la poignée… Rien ! Elle refuse de s'ouvrir !

Fanchette panique :

— Oh non ! Qu'est-ce qu'on va faire ?

Chapitre 6

Un château trop petit

— Je m'en souviens, maintenant ! s'écrie Balthazar. Les passages secrets sont fermés à clef ! Alors, par exemple, quand le Roi veut que son amoureuse le rejoigne, il laisse pour elle une clef dans la serrure, à l'extérieur.

De l'autre côté de la porte, on entend plusieurs hommes discuter.

— Je n'ai qu'une certitude, messieurs, dit une voix puissante. Le château de Versailles est beaucoup trop petit.

— Notre Roi ! souffle Fanchette, fascinée.

— Il exagère, quand même, ce Louis XIV ! murmure Cléo. Il a déjà plein de palais gigantesques : Versailles, Saint-Germain, les Tuileries… et quelques châteaux de la Loire, je parie !

— Il doit loger près de lui de nombreux courtisans, lui rappelle Balthazar.

— Le plus simple, Sire, dit quelqu'un de l'autre côté de la porte, serait de démolir le château vieux hérité de votre père. À la place, nous pourrions construire un palais en pierres blanches beaucoup plus moderne.

— Vous videriez les caisses de l'État ! proteste un autre homme. Sire, vous venez de faire la paix avec

l'Espagne, mais votre occupation des Pays-Bas va vous coûter fort cher…

— Auriez-vous une autre proposition, monsieur Le Vau ?

— Oui, Sire. Il serait beaucoup moins coûteux d'envelopper le château vieux d'un nouvel et vaste ensemble de bâtiments.

— Briques et ardoises d'un côté, pierres blanches de l'autre ? Et l'harmonie, monsieur Le Vau ?

Dans l'escalier, Fanchette s'impatiente.

— N'oublions pas

mon paquet ! On perd du temps, bloqués ici !

— Grattons à la porte, suggère Balthazar. C'était la façon polie de frapper, à l'époque.

Les enfants et Grodof se mettent à gratter le bois. Cléo pouffe de rire.

— Ils vont croire qu'il y a des souris !

— Ils ne nous

entendent pas, soupire Balthazar.

— Ils ne veulent pas être dérangés, rectifie Fanchette, très en colère. Mais j'ai un paquet à remettre au Roi, moi ! Sinon, mon père ne va pas être payé. Et ma famille va mourir de faim ! Nous n'avons plus le choix : défonçons la porte !

— Euh... Je ne trouve pas ça très prudent ! répond Balthazar.

— Le Roi est tellement près ! Ce serait trop bête de ne pas le rejoindre, dit Cléo.

Fanchette pose son paquet et, ensemble, ils prennent leur élan :

— À la une, à la deux, à la trois…

… Et *vlan !* De leurs épaules, ils cognent la porte...

Qui cède d'un coup !

Chapitre 7

Guidés par Apollon

— Qui êtes-vous ?

Allongés sur le parquet, les enfants lèvent la tête vers l'homme qui vient de leur ouvrir la porte. Celui-ci achève de rouler des plans d'architecture. Derrière lui, la pièce est vide.

Fanchette est la première à se relever.

— Le Roi a commandé ce paquet à mon père ! Il veut qu'on lui remette en mains propres, et avant la tombée de la nuit !

Justement, le soleil couchant commence à illuminer les fenêtres.

— Le Roi vient de sortir, dit l'architecte d'une voix cassante. Dans le parc, le Grand Divertissement ne va pas tarder à démarrer. Et je ne

veux pas le rater ! Alors, filez d'ici, que je referme cette porte !

Furieuse, Cléo se plante devant lui :

— Si vous ne nous dites pas où se trouve le Roi, une famille de six personnes va mourir de faim !

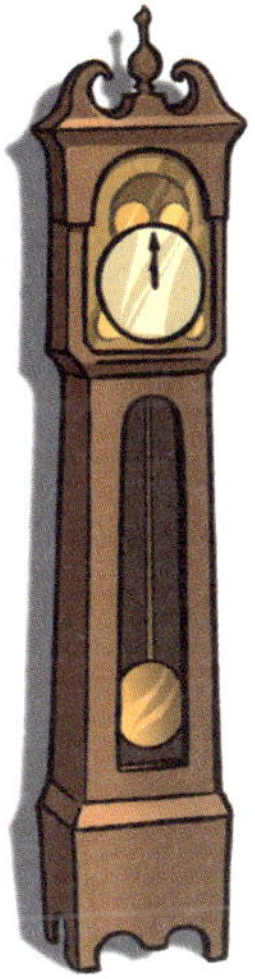

— La misère est partout, dit l'architecte, indifférent.

— Louis XIV sera très

mécontent de ne pas recevoir son paquet, ajoute Balthazar. Et quand nous lui dirons que vous avez refusé de nous aider, il sera furieux contre vous !

Cette fois, l'architecte hésite.

— Eh bien, tout ce que je sais… c'est que le Roi nous prépare une surprise. Et je ne sais pas de quoi il s'agit.

Sur ce, il quitte la pièce à grandes enjambées.

D'un bond, Cléo se précipite vers une fenêtre qui donne sur le jardin.

— Il faut retrouver Louis XIV ! Vite !

Mais son meilleur ami semble perdu dans la contemplation du soleil couchant.

— Le Roi-Soleil… murmure-t-il. Qui nous prépare une surprise… Avec un soulier orné d'un soleil d'or…

Soudain, il saute de joie, comme s'il avait résolu la dernière énigme d'un jeu vidéo.

— Apollon nous guidera !

Tout en courant avec ses amis sur la terrasse,

Balthazar leur explique son raisonnement :

— Louis XIV aime se comparer au dieu de la lumière, Apollon. Dans le parc, Apollon est mis en scène trois fois. Le bassin de Latone raconte la vengeance de Jupiter, le père d'Apollon. C'est une manière de prévenir qu'il est dangereux de s'opposer au Roi. Dieu lui-même pourrait s'en mêler ! Ensuite, le bassin d'Apollon, avec le char et les chevaux qui sortent de l'eau, représente le lever du soleil. Et où est le coucher du soleil ? Dans la grotte de Thétis !

La grotte se trouve à côté de la terrasse, tout près du château. Dans le bosquet qui l'entoure, un orchestre joue une musique lente, régulière, grandiose.

Les violons guident les courtisans qui se réunissent peu à peu devant des rochers artificiels. Au centre, se trouve une grotte d'où jaillissent des cascades. La foule est maintenue à distance des rochers par une barrière et des gardes.

— Je vous parie qu'on trouvera Louis XIV à l'intérieur de cette grotte ! dit Balthazar.

Fanchette roule des yeux effarés.

— Les gardes ne nous laisseront jamais passer ! Et la nuit tombe !

Chapitre 8

Sauvés !

— Alors là, je ne sais plus quoi faire, reconnaît Balthazar.

— Les cascades ! dit soudain Cléo. Il y a forcément un souterrain qui débouche dans la grotte pour les alimenter !

— C'est une idée géniale, Cléo !

Les enfants et le chien piquent un sprint de l'autre côté des jardins, jusqu'à l'entrée du souterrain qu'ils avaient aperçu derrière la rangée d'arbres.

Ils pénètrent dans un couloir humide et obscur.

— Brr... Plutôt lugubre, comme endroit ! dit Balthazar en frissonnant.

Grodof l'approuve en lançant un long gémissement, qui résonne sous la voûte en briques.

— Il nous faut une lumière, décide Cléo.

Sans hésiter, elle ressort du souterrain. Elle repère une torche juste au-dessus d'une statue, puis elle grimpe sur le marbre en posant ses pieds et ses mains dans les creux d'un serpent qui étouffe un cyclope. Et elle atteint la torche.

— Attrape ça, Fanchette !

Aussitôt dit, aussitôt fait. À l'intérieur du souterrain, les enfants se dépêchent dans la lumière dansante de la torche. De temps en temps, un carrefour les arrête. Alors Grodof dresse ses oreilles. Lui seul peut capter les vibrations lointaines des violons. Grâce à elles, il retrouve la bonne direction.

Soudain, la sortie du souterrain s'éclaire d'une lumière vive. Au-dehors, des dizaines de serviteurs viennent d'allumer toutes les torches. L'orchestre entame un nouvel air, puissant et solennel.

Tout près de l'entrée de la grotte, une voix grave et calme demande :

— Où sont mes souliers ?

Fanchette se précipite en ouvrant son paquet.

— Les voici, Sire !

— Parfait, répond la voix. Je savais bien qu'ils me parviendraient à temps.

En effet, le dernier rayon du soleil vient de disparaître derrière les arbres.

Aidé par un valet, Louis XIV enfile ses souliers, chacun orné d'un gros soleil d'or. Il porte déjà une couronne

en plumes d'autruche, une tunique dorée décorée d'un énorme soleil, et des rayons supplémentaires aux coudes et aux genoux.

Il esquisse quelques pas. La musique lui donne un signal. Sans cesser de danser, Louis XIV sort avec beaucoup de grâce dans la lumière des torches.

Des cris d'admiration jaillissent de la foule des courtisans :

— Sa Majesté le Roi !

— On dirait vraiment Apollon !

Au premier rang de l'assistance, la marquise de Montespan

applaudit avec autant d'enthousiasme que les autres.

— Quel culot, celle-là ! s'indigne Cléo.

— J'imagine que ce n'est pas facile d'être l'amoureuse d'un monarque de droit divin... dit Balthazar.

— Qu'est-ce que c'est, un monarque de droit divin ?

— Ça veut dire que Dieu veut que Louis XIV décide de tout. En tout cas, c'est ce que les gens croient.

À côté d'eux, le valet du Roi essuie son front dégoulinant de sueur.

— J'ai cru que ces maudits souliers n'arriveraient jamais !

Il tend à Fanchette une grosse bourse pleine d'écus.

— Voilà ton paiement.

Pour la première fois depuis

que Cléo et Balthazar la connaissent, un large sourire éclaire le visage de la fillette. Elle se tourne vers ses amis.

— Sans vous, je n'aurais jamais réussi ! Je tiens à partager avec vous !

— C'est très gentil à toi, mais on n'en a pas besoin, assure aussitôt Cléo.

Derrière Fanchette, son fantôme vient d'apparaître. Tandis que la fillette serre avec émotion les mains de ses amis, le fantôme leur fait une jolie révérence… et s'envole aussi-

tôt vers le Pays du Repos Souriant.

Tout commence à tourner autour de Cléo, Balthazar et Grodof : la grotte, le valet, Fanchette, et le Roi qui danse devant ses courtisans…

— L'enveloppe de pierres ira très bien avec le château vieux ! lance Balthazar au valet avant de disparaître. Versailles sera l'un des plus beaux palais du monde ! Dites-le au Roi !

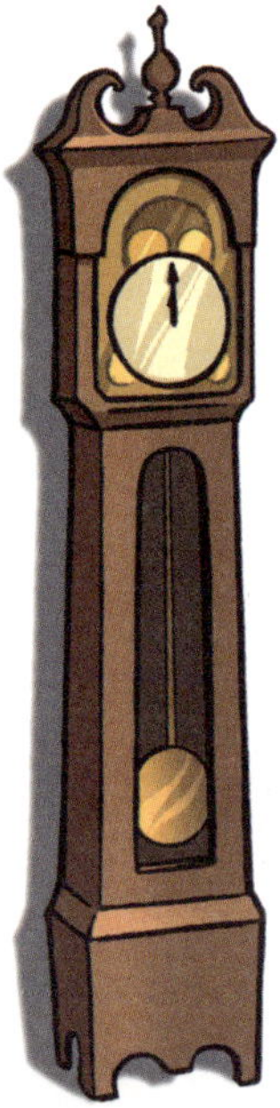

— Il t'a sûrement pris pour un fou ! rigole Cléo, en se retrouvant dans la salle des gardes.

Quelque part dans le Château des Ombres, l'horloge invisible sonne... treize coups ! Les enfants bâillent à s'en décrocher la mâchoire. Il est vraiment temps d'aller se coucher.

FIN

Bientôt, Cléo, Balthazar et Grodof vivront une nouvelle aventure merveilleuse. Ils voleront au secours d'un fantôme à Pompéi.

L'explosion du volcan

Oh là là ! Balthazar, Cléo et Grodof doivent aider des jumeaux à Pompéi. Les deux frères sont vendus sur un marché aux esclaves. Vite, il faut les aider à s'échapper de la ville avant que le Vésuve ne se réveille ! Heureusement, Balthazar en sait plus que tout le monde sur ce volcan…

Les as-tu tous lus ?
Sophie Marvaud
Ghost secret
La momie du Pharaon
1
La momie du Pharaon
Sophie Marvaud
Ghost secret
Le trésor de Barbe-Jaune
2
Le trésor de Barbe-Jaune
Sophie Marvaud
Ghost secret
Le tournoi maudit
3
Le tournoi maudit
Sophie Marvaud
Ghost secret
Le silex magique
4
Le silex magique

www.bibliothequerose.com
Le site de tes héros préférés
LA BIBLIOTHÈQUE ROSE
TES SÉRIES PRÉFÉRÉES
CONCOURS
QUOI DE NEUF ?
L'ATELIER
LA BOUTIQUE
BIBLIOTHÈQUE ROSE
LA BIBLIOTHÈQUE ROSE

Ghost secret

Donne ton avis à l'auteur !

Tu aimes Ghost Secret ?

Tu as des idées d'aventures ?

Alors écris vite à Sophie !

Tu peux aussi envoyer tes dessins de fantômes !

Tu peux lui écrire à l'adresse suivante :
contact@ghostsecret.fr
ou
Hachette Jeunesse Roman
Ghost Secret
43 quai de Grenelle
75905 Paris Cedex 15

N'oublie pas de bien indiquer tes coordonnées.

Table

« Pour l'éditeur, le principe est d'utiliser des papiers composés de fibres naturelles, renouvelables, recyclables et fabriquées à partir de bois issus de forêts qui adoptent un système d'aménagement durable. En outre, l'éditeur attend de ses fournisseurs de papier qu'ils s'inscrivent dans une démarche de certification environnementale reconnue. »

Imprimé en France par Jean-Lamour - Groupe Qualibris
Dépôt légal : juin 2008
20.20.1657.4/01 – ISBN 978-2-01-201657-6
Loi n°49-956 du 16 juillet 1949
sur les publications destinées à la jeunesse